大偵探
福爾摩

數學偵緝系列

皇后號遇難記

SHERLOCK HOLMES

目錄 CONTENTS

(P)= 林浩暉 (N)= 謝詠恩 (C)= 劉俊偉

羊駝大追捕

阿當躲在一所大宅的閘門後，悄悄地偷看正在前院玩耍的**小女孩**。看着看着，他的兩眼已漸漸眶滿淚水。

「麗娜……」當他按捺不住衝動，正想向小女孩喊話時，卻看到兩個女傭人從宅門中走了出來。他只好悄然退後，**心有不甘**地暗自發誓：「麗娜，你等着，爸爸一定會來接你回家的。」

午夜時分，碼頭漆黑一片，日間的喧鬧遠去，只是偶然傳來一些奇怪的叫聲。

這時，阿當從暗處閃出，並**躡手躡腳**地穿過碼頭，竄進了一個貨倉。

「**噫——**」

「吱吱！」

阿當只是在貨倉內走了幾步，一些奇怪的叫聲就此起彼落地響起來了。原來，這是一個關着南美珍禽異獸的地方。

「噓！別吵。」阿當慌忙低聲叫道，但旋即一想，動物又不是人，怎會一喝就靜下來。於是，他只好加快腳步，匆匆走往一個圍欄。

圍欄中有5頭羊駝正趴在地上休息，牠們一看到有人接近，馬上就機警地抬起頭來。不過，當發現來者是已照顧了牠們兩個多星期的阿當，就放下警戒，又把頭縮回去了。

「好極了。」阿當在欄閘旁蹲下來，邊拔起

門閂邊**自言自語**，「寶貝們，為了我的女兒，辛苦你們了。」

打開欄閘後，阿當走進圍欄中逐一拍拍羊駝的背脊，叫牠們站起來，然後快手快腳地把**韁繩**牽在手裏，輕輕地拉着牠們走出了圍欄。接着，他又小心地蹲下來插好**門閂**，才拉着牠們往碼頭的另一邊走去……

「你接案子也要有個譜呀，**半夜**起來查案好辛苦啊！」華生打着呵欠抱怨。

凌晨3時，當倫敦大部分人仍沉醉於**夢鄉**

時，福爾摩斯已從被窩中爬出來，拉着一臉睏意的華生走出了家門。

「誰叫你診所**生意不好**，連這個月的房租也交不出啊。」福爾摩斯怪責道，「我只好連**護送動物**的工作也接來幹啦。不過，這其實是優差，只要跟在動物屁股後面走一趟，就能賺到2個月的房租了。」

原來，倫敦海德公園的水晶宮主辦「**南美動物展**」，福爾摩斯受到委託，將一批從南美洲運來的動物從碼頭護送至展出場地。他選擇在凌晨運送，一來可以避免車聲令動物**受驚**，二來也不會**阻塞**日間的交通。

當兩人叫停一輛馬車，正想上車去碼頭時，

一個小黑影突然閃出，並叫道：「咦？福爾摩斯先生、華生醫生，這麼晚了，還要出門嗎？」

兩人定睛一看，原來是小兔子。他笑嘻嘻地走過來繼續說：「不是乘夜逃債吧？」

「甚麼乘夜逃債，別亂說！」福爾摩斯罵道。

「不是嗎？聽愛麗絲說，你們的租金已拖欠了一星期，明天是最後限期，不逃走的話，就來不及了吧？」小兔子幸災樂禍地說。

「傻瓜！我們現在去查案賺錢，別說三道四，快滾！」福爾摩斯罵完，就慌忙拉華生上車。他們知道，要是被小兔子纏住，一旦驚醒了愛麗絲，就更麻煩了。

可是，當兩人鬆了一口氣到達碼頭時，卻看

到幾輛蘇格蘭場的馬車停在路旁，又看到老朋友**李大猩**和**狐格森**的身影，就心知不妙了。

福爾摩斯和華生道明來意，孖寶幹探就帶着兩人走進臨時安放動物的貨倉，來到一塊用**木欄柵**圍起來的泥地。福爾摩斯看到，裏面除了水槽和飼料槽外，並無動物的蹤影。

這時，一個**兇神惡煞**的胖子正在質問一個瘦個子。看來，胖子是這兒的管工，瘦個子則是個保安員。

「朗奴，你説牠們**憑空消失**了？」

「我不是這個意思。」名叫朗奴的保安員辯解道，「只是——」

「只是，5隻呆頭呆腦的羊駝**大搖大擺**地走出去，你居然也看不到？」管工喝罵。

「這……」朗奴委屈地低下頭來，不敢作聲。

「很明顯，有人把羊駝**牽走**了。」福爾摩斯走到欄閘旁蹲下來，檢視了一下插在地下的**門閂**說，「看來那個人很鎮定，臨走時還特意蹲下來把門閂**插到地上**呢。」

「你是誰？」管工問。

「我是海德公園的水晶宮派來護送羊駝的。」

「哼，5頭羊駝都不見了，護送只能暫停啦，你走吧。」

福爾摩斯想了想，說：「我或許能把羊駝找回來，可以讓我幫忙調查嗎？」

「你以為你是誰？大偵探福爾摩斯嗎？」

聞言，李大猩和狐格森不禁吃吃笑。

「嘿嘿嘿，福爾摩斯也沒甚麼了不起。」福爾摩斯笑道，「先問一下，最近有沒有可疑的人在碼頭附近出沒？」

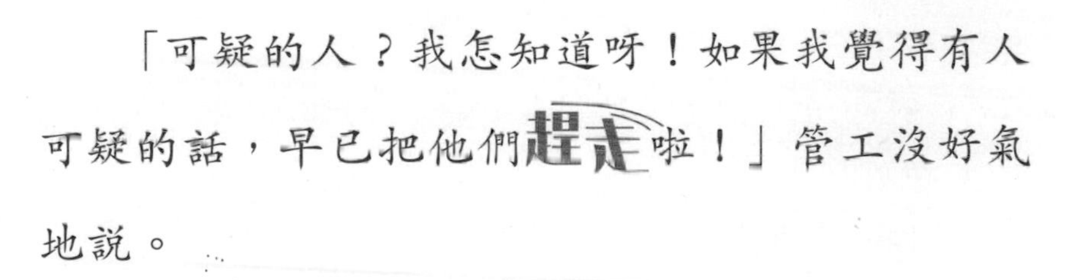

「可疑的人？我怎知道呀！如果我覺得有人可疑的話，早已把他們趕走啦！」管工沒好氣地說。

「有道理。」福爾摩斯點點頭，「那麼，最近在這裏工作的人有沒有異樣？例如心緒不寧，或者很缺錢，到處問人借錢之類。」

「這裏有誰不缺錢？我就很缺錢啊！」管工不耐煩地反問，「偵探先生，你不缺錢嗎？不缺錢就不會半夜三更來護送動物啦！你也很缺錢吧？」

華生聽到這裏，也忍不住「咭」的一聲笑了出來。

「呃，這個……我不知道說不說好……」叫朗奴的保安員戰戰兢兢地開口道，「阿當最近有點心緒不寧，情緒很不穩定……」

「阿當？他是誰？」李大猩和狐格森同聲搶問。

「他跟我們一樣，是這裏的**保安員**。」朗奴說完，慌忙補充道，「不過，他是個工作很**認真細緻**的人，每次巡邏都會檢查門鎖和圍欄的門閂，絕不會因心情不好就**馬虎了事**。」

「是嗎？那麼，他為何心緒不寧呢？」福爾摩斯問。

「個多月前，他的妻子**病故**，女兒也給外家接走了。」朗奴說，「聽說，他正在爭取女兒的**撫養權**。」

「啊？有這種事？」福爾摩斯眼前一亮，問道，「那麼，他在哪？」

「對，他在哪？今晚不是他**值班**嗎？」管工也緊張地問。

「不……他今天有急事，**請了假**。」朗奴答道。

「那麼巧？動物不見了，他卻剛好請了假？」李大猩懷疑地說。

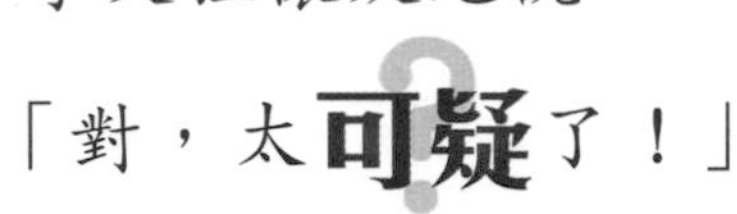

「對，太**可疑**了！」狐格森也附和。

福爾摩斯沉吟半晌，再問：「那麼，他怕不怕動物，例如怕不怕被偷走的羊駝？」

「哼！那幾隻羊駝是他負責**餵飼**呀，他怎會怕！」管工悻悻然地說。

「這麼說的話，帶走羊駝的人很可能就是阿當了。」福爾摩斯說。

「不會吧？」朗奴不敢相信，「可能是羊駝自己**走失**的，也可能是**外邊的賊人**把牠們偷走啊。」

「你的兩個推測不成立。」福爾摩斯說着，道出了自己的推論。

①羊駝欄閘的門閂仍插得牢牢的，證明不是羊駝自己走失。

②同樣道理，如果是外邊的賊人把羊駝偷走，沒理由那麼有責任心，離開時會把門閂插好。

③羊駝不會輕易跟陌生人離開，除非是牠們熟悉又信任的人。所以，這是熟人幹的。

④此外，這個熟人一定是個工作認真又細緻的人，當他把羊駝拉出來後，才會習慣性地把門閂插好後才離開。

⑤阿當最近喪妻，又要爭女兒的撫養權，應該很缺錢。

綜合上述推論，他的**嫌疑**就最大了。

聽完大偵探的分析後，管工已青筋暴現：「**豈有此理！**竟然在自己窩裏偷東西！一定要把他抓回來，讓我狠狠地揍他一頓！」

「**稍安毋躁**，先把羊駝找回來再說吧。」福爾摩斯分析道，「在深夜運走5頭羊駝並不容易，僱馬車運送也會引起懷疑。如果我是阿當，一定會先把牠們藏在**附近**，等風聲過後才逐一運走。你們想想，附近有能收藏5頭羊駝的地方嗎？」

「有！」朗奴想也不想就說，「附近有一個**空倉**，我在幾天前看到阿當從那兒走出來，當時還納悶他去那裏幹甚麼。現在明白了，他一

定是去找收藏羊駝的地方。」

「很好，我們馬上去那裏看看吧。」福爾摩斯說。

「去！去！去！」李大猩興奮得**磨拳擦掌**，「一定要把阿當拘捕歸案！」

「對！去！去！去！」狐格森也**沒頭沒腦**地叫道，「一定要把羊駝拘捕歸案！」

眾人在朗奴的帶領下，很快就去到那個空倉。可是，倉庫的門**鎖着**，李大猩等人亂撞亂踢也無法把門打開。

當大家不知如何是好之際，福爾摩斯忽然**舉手一揚**，示意大家靜下來。

「怎麼了？」李大猩問。

「裏面有聲。」福爾摩斯輕聲答道。

聞言，眾人慌忙豎起耳朵細聽。果然，裏面傳來了一陣**窸窸窣窣**的聲音。

「那傢伙一定在裏面！」管工怒道，「待我把他罵個**狗血淋頭**，看他出不出來！」

可是，管工還未來得及叫罵，倉庫的門已「**砰**」的一聲被猛力推開，1頭羊駝衝了出來，直往福爾摩斯撞去。幸好大偵探反應快，一個**閃身**就躲開了。

同一時間，又有1頭羊駝衝出，而緊隨其後的，是一個矮小的人影。

「站住！」福爾摩斯立即撲前，一手將對方**擒住**。不用說，那就是阿當，他想放走羊駝趁亂逃走。但眾人**驚魂未定**之際，其餘的3頭羊駝也先後奔出，逃到遠處去了。

「糟糕！羊駝是**證物**，不可讓牠們走失！」李大猩大喊一聲，已往羊駝追去。

「等等！」狐格森惟恐被李大猩獨自領功，也**拔腿就追**。朗奴和管工見狀，也慌忙跑去幫忙。

可是，羊駝見4人**來勢洶洶**，被嚇得四散奔逃。但羊駝愈跑得快，4人就愈使勁地追，

4個人和5頭羊駝跑來跑去的**亂作一團**，好不滑稽。

福爾摩斯知道去追羊駝也是**徒勞**，就質問起阿當來。阿當知道沒法逃走，只好道出他牽走羊駝的**原委**。

原來，阿當數年前在一富豪家打工時，與那兒的千金小姐**墮入愛河**，並不顧反對私自結婚，更誕下一個女兒。本來一家三口**安貧樂道**，過着幸福的生活。但好景不常，月前妻

子病逝，外家更趁機搶走他女兒的**撫養權**。剛好，倫敦黑幫向「南美動物展」**勒索**保護費，卻被主辦方一口**拒絕**了。為了報復，黑幫就找阿當破壞，叫他把最受歡迎的羊駝牽走兩三天，令動物展無法順利舉行。為了**籌錢**打官司爭奪撫養權，阿當就答應了黑幫的要求。

知道阿當的**苦衷**後，福爾摩斯看了看遠處仍一片**混亂**的追逐，就提議道：「你坐牢的話，就無法爭回女兒了。不如這樣吧，你把那些羊駝拉回來幫我送到動物展的展場，我就想辦法讓警方**放你一馬**，好嗎？」

阿當也別無選擇，只好答允。

這時，只見李大猩4人已追得**筋疲力盡**地躺在地上，看來再也跑不動了。阿當見狀，馬上朝羊駝**呼喚**了幾聲，又從口袋中取出一個**蘋果**，使勁地在空中揮動了幾下。

羊駝們聞聲望了過來。當牠們看到阿當後，馬上「噠噠噠」地跑了過來。

「沒想到羊駝這麼**聽話**呢。」華生感到**不可思議**。

「不是聽話，只是想吃蘋果罷了。」阿當苦笑。

「很好，趁警探他們沒氣力追來，我們馬

上把羊駝送去動物展吧。」福爾摩斯說。

「可是……」阿當有點為難地說，「我放羊駝出來時，情急之下，把其中**3條**韁繩的**手柄割斷**了。」

「那又怎樣？」福爾摩斯不明白。

「手柄斷了，就算把韁繩繫上羊駝，也無法**穩妥**地拉動牠們，要是途中出了甚麼**意外**就麻煩了。」

「原來如此。」福爾摩斯想了想，說，「還有**2條**韁繩是**完整**的，那麼就將其中**2頭**繫在一起，由我來拉。另外**3頭**也繫在一起，由阿當你來拉，不就行了？」

「這是行不通的。」阿當搔搔頭說，「羊駝怕**陌生人**，無論你們怎樣拉，牠們也是不會聽使喚的。」

「這麼說的話，只有你一個才能拉動牠們了？」華生問。

「是，但只有2條韁繩**完整**，我也不知道怎樣拉啊。」

「唔……只有**2條韁繩**和你**一個人**……怎樣才能拉動**5頭羊駝**呢？」福爾摩斯想了想，突然靈光一閃，「我有辦法了，直接拉着**2頭**羊駝，把剩下的**3頭**羊駝繫到那**2頭**羊駝身上不就行了嗎？」

「那要怎樣繫？」華生訝異地問。

「嘿嘿嘿，有多達**14種**繫法啊。」福爾摩

大家知道我用甚麼方法讓阿當一個人就能牽走5頭羊駝嗎？不知道的話，到p.35看看答案吧。

斯笑道，「我隨便選一種吧。」

說完，他就指導阿當把羊駝繫好，**無驚無險**地把5頭羊駝送到了動物展的場地，順利地完成了任務，還取得了相當於兩個月租金的**報酬**。

離開展場時，福爾摩斯把一個**信封**遞上，並說：「這是運送羊駝的**報酬**，足夠你聘請一位律師。」

「呀！」華生大驚，「那不是用來——」

「你不是常說，助人為快樂之本嗎？」福爾摩斯瞅了華生一眼，「況且，沒有阿當，我們也無法把羊駝運到展場啊。」

華生無法反駁，只能點點頭說：「是的，你做得對。」

「可是……」阿當卻不知如何是好，不敢接過信封。

「拿去吧，這是你應得的。」福爾摩斯把信封塞到阿當手上，「對了，警方和管工都可能會來找你麻煩，你找個理由辯解，說昨晚羊駝受到其他動物影響，情緒很不安定，就把牠們拉到空倉關起來了。」

「可是，我放羊駝衝出來撞你們，又怎樣解釋？」阿當仍不放心。

「嘿嘿嘿，這個更簡單。你說那兩個警探和管工用力拍門，羊駝受驚當然亂衝亂撞，與你無關啊。」福爾摩斯笑道，「最重要的是，你真的協助我們，把羊駝送到展場。不是嗎？」

「這……」阿當激動地緊握福爾摩斯的手，「我真不知該怎樣說……實在太感謝……太感謝你們了……」

福爾摩斯與華生以為事情告一段落，又做了件好事，就開開心心地回家了。然而，他們不知道的是，一個小惡魔早已在貝格街等着他們回來了。

「今天是最後限期，這個月的租金呢？」愛麗絲看到兩人剛下馬車，就一個箭步從街角閃出大叫。

「哇！」福爾摩斯和華生都被嚇了一跳。

「付錢！」愛麗絲得勢不饒人，攤開手掌叫道，「別說沒錢，小兔子已告訴我，你們昨晚去查案，一定已收到了酬金！」

「那個小屁孩真多嘴！」福爾摩斯罵道。

「愛麗絲，事情沒這麼簡單，你聽我說……」

華生把剛才的經過**一五一十**地道出，最後更補充道，「我們從**14種**拉走羊駝的方法中選了一種，順利完成了任務，也幫助了那位阿當先生。助人為快樂之本嘛，可以再**通融**多幾天嗎？」

「哼！這故事好動聽啊，但我怎知道你們是否**藉詞拖延**。」愛麗絲並不相信。

「你不信也沒辦法，人有三急，我先走啦！」福爾摩斯知道**秀才遇着兵，有理說不清**，一個轉身就逃。

「不准走！」小兔子不知從哪兒閃出，擋住了福爾摩斯的去路，「你一定是想**借尿遁**，休想！」

「對！對！對！一定是**借尿遁**！」

「**借尿遁！借尿遁！**」

突然，叫聲此起彼落，把華生也嚇了一跳。他定睛一看，原來是少年偵探隊的小胖豬、小老鼠、阿猩、小樹熊和小麻雀把福爾摩斯**包圍**了。

當然，這是**搗蛋王**小兔子搞的鬼，他一定是想**戲弄**一下福爾摩斯。

我們的大偵探見**無路可逃**，就說：

「不信的話，我就告訴你阿當怎樣憑**一人之**

力就拉走5頭羊駝，證明我沒說謊。不過，你們也要合力想出其餘13種方法啊！」

「好呀！老子怕你嗎？」小兔子老氣橫秋地應道。

「好，你聽着，我的方法就是——把2條完整的韁繩繫在2頭羊駝（A與B）上，然後，再把另外2頭（C與D）繫在A後面。接着，把最後1頭（E）繫在B後面。這樣，只是一個人也可以把5頭羊駝牽走了。」

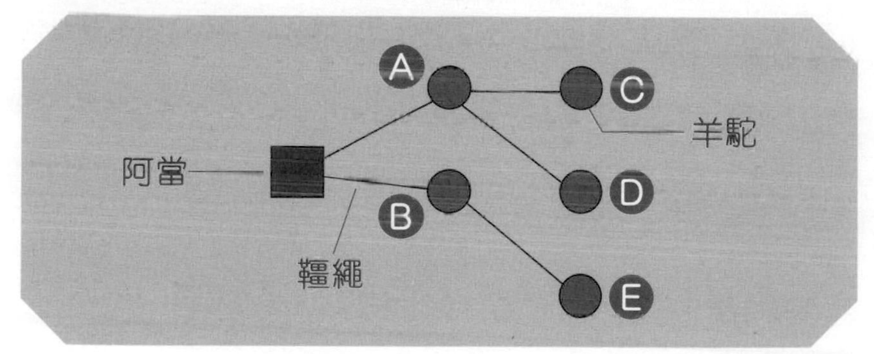

聽完福爾摩斯的解釋後，小兔子誇口道：「哈哈哈！太簡單了，我已馬上想到一種方法了！」

「我也**想到**了！」小胖豬說。

「我也一樣！」小老鼠說。

「我也是啊！」阿猩、小麻雀和小樹熊也紛紛應道。

「喂！別忘了我啊！」愛麗絲也叫道。

接着，他們都出示了自己的**方法**。

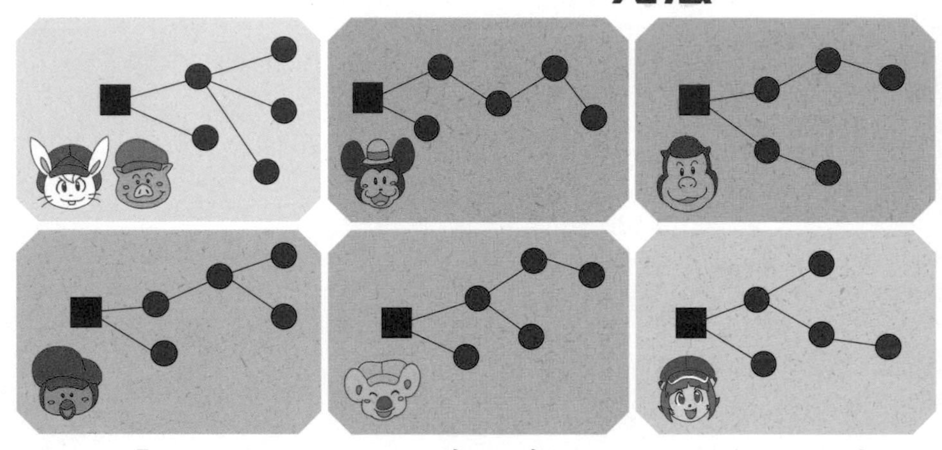

「嘿嘿嘿，你們的表現都不錯呢。」福爾摩斯狡黠地一笑，「不過，方法共有**14種**，你們共想出了**6種**，連我說出的**1種**，還有**7種**啊。」

「還有7種？」小兔子不服氣地說，「怎麼

可能？」

「總之還有7種，快**閉目沉思**一下吧，想不通就算輸！」福爾摩斯說。

「好！我再想想！」小兔子閉上眼睛，使勁地想。

「讓我也想！」

「我也來想！」

少年偵探隊的隊員紛紛仿效，**閉目苦思**起來。

愛麗絲惟恐落後，也閉上了眼睛拚命地思索。

「嘿……」福爾摩斯遞了個眼色。華生意會，馬上與福爾摩斯一起，一起不動聲色地**逃之夭夭**。可憐小兔子他們仍在**苦思冥想**，想來想去也想不出答案來呢！

數個月後，福爾摩斯與華生因事經過海德公園，一個**似曾相識**的身影引起了兩人的注意。

「咦？那個不是阿當嗎？」福爾摩斯指着不遠處的草坪説。

「是呢！」華生看到阿當正與一個**小女孩**在玩耍。

「看來他**贏了官司**呢。」

「對，那個小女孩一定是他的女兒。」

「看來，羊駝失蹤案終於有一個**完美**的結局呢。」福爾摩斯凝視着阿當兩父女歡樂地玩耍的情景，開心地笑了。

福爾摩斯的計算過程

首先，由於斷了韁繩的關係，一個牽繩人能直接拉着的羊駝只有 2 頭，如下圖：

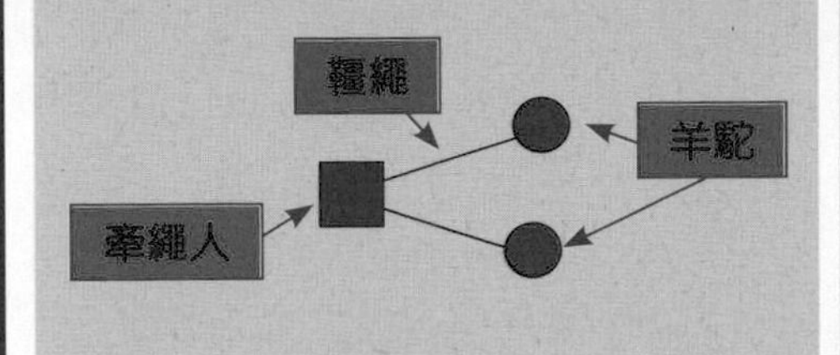

剩下的 3 頭羊駝無法直接連繫到牽繩人，但可繫到前面 2 頭羊駝上去，就如福爾摩斯率先提出的方法。如圖：

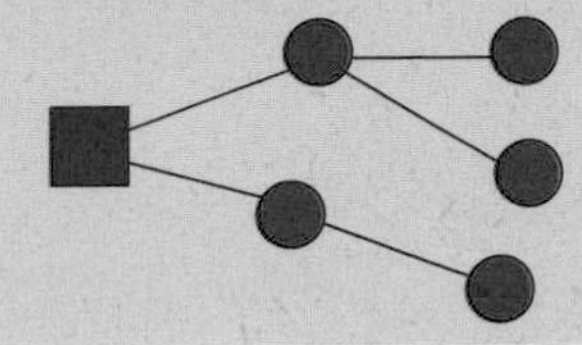

此外，福爾摩斯、少年偵探隊和愛麗絲所想到的 7 種方法，其實已包括了所有方法，只要將其上方的分支（分支 1）及下方的分支（分支 2）互調，就會產生另外 7 種連繫的方法，這樣就共有 14 種方法了。

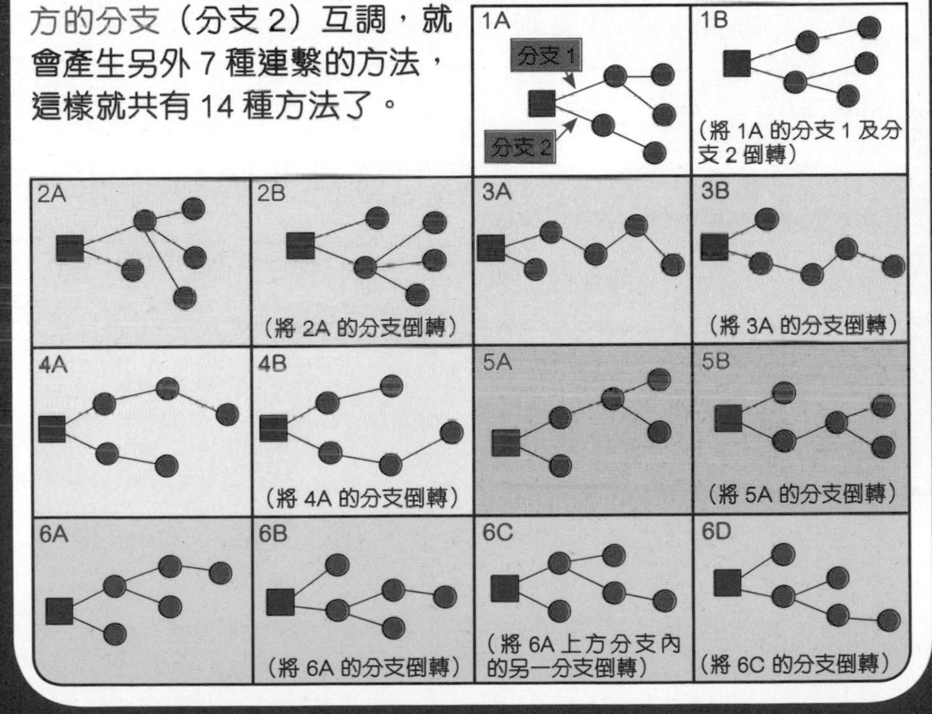

圖形與拓樸學

事實上，在那 14 種連繫方法中，有 6 種是各自獨立的，另外 8 種則是由那些獨立的方法「變形」所得。

當一個圖形經過沒「修剪」和「黏合」的變形後，得出的新圖形和其舊圖形的外觀雖不同，但在拓樸學卻是相同的，那稱之為「等價」。

拓樸學是幾何學的一個分支。只是，這對讀者來說或會非常陌生，對其分析圖形的角度亦未必習慣。因為大家目前學習的幾何學，主要是憑邊的數目、邊長、角度等來將圖形分類，但在拓樸學上會加入「變形」的概念，亦即圖形可拉扯或壓縮。所以，兩個圖形在一般的幾何學上形狀各異，但在拓樸學上或許是相同呢。

↑例如，將圖形 2A 的兩條分支上下扭動，就變成圖形 2B。在拓樸學上，圖形 2A 就跟 2B 是一樣的，亦即「等價」。

拓樸學的「變形」概念有其實際用途。以化學為例，有些化合物的構成元素一模一樣，但其結構卻大相逕庭。科學家理解這些化合物時，就用上了這種概念。

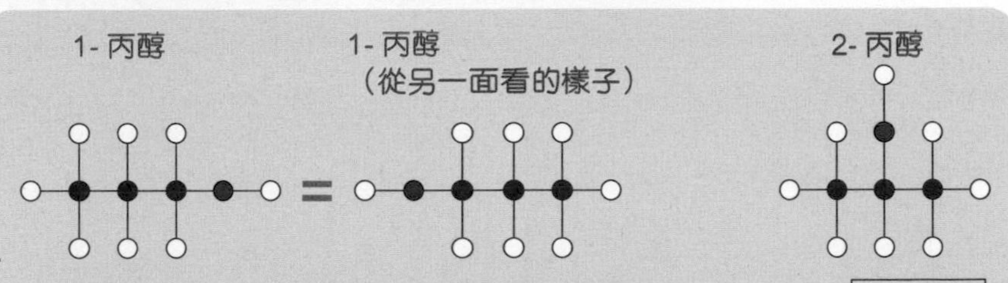

↑科學家研究酒精之一的丙醇，看似具有 3 種化學結構。不過，當中 2 款只是結構相反，亦即丙醇實際上只有 2 種化學結構。

另外，「網路拓樸學」也利用類似方法繪製網路圖，以表達電腦及路由器等裝置如何連繫，不過這跟數學的拓樸學關係不大。

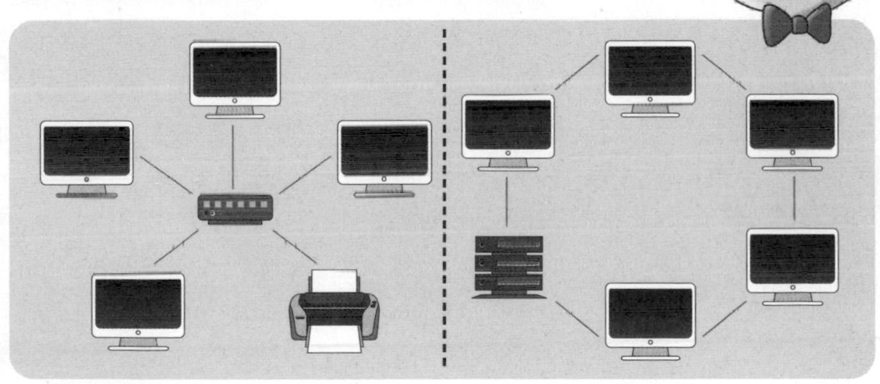

↑眾多電腦及電子設備可各自接駁到路由器，形成「星形」的區域網路，也可互相接駁成「環形」的區域網路。

私酒的密信

夜幕低垂，小兔子為福爾摩斯送信到蘇格蘭場後，拖着疲累的步伐回到了貝格街。

突然，「哎呀」一聲悲鳴傳來，把小兔子嚇了一跳。他慌忙往聲音來處看去，只見一個步履蹣跚的醉漢罵道：「走路不帶眼睛，找死嗎？」

「哎喲……」這時，小兔子才發現一個老婦倒在醉漢腳下。看來，她是被那醉漢撞倒了。

「呸！滾開，別妨礙老子回家！」醉漢在老婦身邊走過時，還狠狠地吐了一口口水。

「**豈有此理！**竟然欺負老人家，你別走！」小兔子大聲喝罵。但醉漢好像沒聽到似的，已左搖右擺地**不顧而去**了。

「婆婆，你沒事嗎？」小兔子奔前扶起老婦。幸好，老婦看來沒有大礙，她向小兔子道謝後就離去了。

「那個醉酒鬼太**可惡**了，必須**教訓**一下！」小兔子想到這裏，就立即往醉漢追去。很快，他就追上了醉漢。

「嘿！」小兔子狡猾地一笑，悄悄地走到醉漢後面**妙手一伸**，然後吹着口哨從醉漢身旁走過，**若無其事**地直往街角走去。

「哈！」小兔子轉入一條橫巷後，馬上從口袋中掏出一個錢包，開心地**自言自語**，「那個傻瓜，被我**扒了錢包**還不知道呢。」

可是，當他興奮地打開錢包後，卻呆住了：「唔？怎麼……**空空如也**，一分錢也沒有？」

「不會吧？難道都花在喝酒上了？」小兔子不忿地用力揮動錢包，真的半個零錢也甩不出來，卻「啪」的一聲，甩出了一張折着的**紙片**。

「這是？」小兔子拿起紙片，正要細看之際——

「***抓到你了！小扒手！***」

「**束手就擒吧！**」

突然，兩個罵聲響起，嚇得小兔子整個人彈了起來。

「嚇死我！還以為撞到鬼，原來是你們。」

小兔子發現站在眼前的是**福爾摩斯**和**華生**，才鬆了一口氣，「別突然竄出來**嚇人**好嗎？」

「別扯開話題。」福爾摩斯伸出手掌，「剛才扒了人家的錢包吧？偷了多少錢？**從實招來**。」

「那不是偷，是教訓，我要他嘗嘗欺負老人家的後果罷了。但可惜的是，那醉酒鬼比我還窮，錢包裏竟然連一毛錢也沒有，只有這張**爛紙**。」說着，小兔子把錢包和紙片遞上。福爾摩斯翻了翻錢包，果然沒錢。接着，他又打開紙片看了看，忽然**眉頭一皺**。

「怎麼了？」華生問。

「紙上寫着一些**英文字母**和**數字**，有點可疑。」福爾摩斯說。

「可疑？」小兔子好奇地問，「甚麼地方可疑？」

「紙上的字母和數字顯示，那醉酒鬼很可能參與了**犯罪活動**。」大偵探指着紙片說。

「犯罪活動？」小兔子聽到『犯罪』便興奮起來，「是甚麼犯罪？**殺人**還是**打劫**？」說完，他和華生湊過頭去看，只見紙片上寫着——

在一個月內，
Sm 200 L 「B」 = 25s
Sm 400 L 「B」 = 40s
Sm 201～399 L 「B」 = 按正比例計算報酬
在月尾最後一次送貨時付現金。

「看來只是幾條**算式**罷了。」華生搖搖頭說，「我看不出與犯罪有何關係啊。」

「這麼明顯也看不出嗎？是**走私**呀。」福爾摩斯一語道破，並解釋道，「這是張走私的報酬計算表，『Sm』是Smuggling（走私）的簡寫，『L』是Liter（公升）的意思，酒樽『B』代表Brandy（白蘭地），而數字後的小楷『s』則代表金額shilling（先令）。看來，是走私集團寫給那醉酒鬼的。」

「原來如此！」華生恍然大悟，「那麼，按照你的解讀，紙片上的**暗號**就是這個意思了。」説着，他掏出紙筆，把紙上的內容「**翻譯**」下來。

在一個月內，
走私 200 公升白蘭地，可得 25 先令。
走私 400 公升白蘭地，可得 40 先令。
走私 201 至 399 公升白蘭地，按正比例計算報酬。
在月尾最後一次送貨時付現金。

「『酒私』是甚麼？」小兔子問。

「你連這個也不知道嗎？」福爾摩斯沒好氣地說，「走私是指**非法**進口外國商品。近百年來，茶葉和白蘭地的走私都十分**猖獗**。」

「非法？怎會？」小兔子感到錯愕，「倫敦到處都有售賣外國茶葉和白蘭地呀！」

華生搖搖頭，說：「違法的不是商品本身，而是『**進貨的途徑**』。根據法規，從外國輸入茶葉或白蘭地都必須經過海關檢查，並且按量繳付稅金，才能合法在英國銷售。可是，不法商人為了**逃稅**，便會繞過海關把貨物偷運入境，再分發到散貨點，這便是走私。而走私進口的含酒精飲品就叫作『**私酒**』。」

「對，政府嚴打走私，連負責帶貨的小嘍囉也**絕不姑息**。」大偵探補充道，「因此，走私集團要出高額報酬，才能請到人**以身犯險**。」

「我明白了！那個醉酒鬼就是負責帶貨的走私犯！」小兔子**磨拳擦掌**地說，「太好了，我們快去抓他吧！」

「別急，先要查清楚那酒鬼的**身份**才行呀。」

「嘿！他的身份嗎？」小兔子指着自己鼻子說，「不用去查了，問老子吧！」

「你知道他是誰嗎？」福爾摩斯訝異。

「當然囉！」小兔子**自命不凡**地說，「我可是人面廣闊的少年偵探隊隊長啊！在這附近出沒的人我哪有不認識的？那酒鬼叫**波爾多**，是郊外博納紅酒酒莊的

馬車夫，每星期都有幾天駕着馬車去送貨，把酒莊的酒送到倫敦各處去。那傢伙喝醉後就會亂罵人，不少街童都認得他的臭臉！」

「很好！」福爾摩斯說，「我明天去酒莊**調查**一下，看看波爾多是否真的涉及走私吧。」

「我沒聽錯吧？你真的要去調查嗎？此案沒有半毛錢報酬的啊。」華生趁機挖苦一下一向見錢開眼的老搭檔。

「哎呀，我怎可對罪惡**視而不見**啊。」

「你不是一向認為『捉賊是蘇格蘭場的工作』嗎？」

「嘿嘿嘿，捉賊確實是蘇格蘭場的工作，我有說錯嗎？」福爾摩斯冷笑，「不過，有時也要**賣個人情**給蘇格蘭場的孖寶幹探，

以備不時之需啊。」

「甚麼意思？」

「只要我把走私案的情報告之，助他們**破案立功**，就等於賣了一個人情，在適當時候，就可以叫他們還啦。」福爾摩斯說到這裏，忽然壓低嗓子說，「況且，我早前收到消息，指**M博士**已涉足倫敦的走私勾當，這次調查正好順便搜集一下**情報**呢。」

「啊……」華生頓然醒悟，這才知道老搭檔**無寶不落**，原來這次插手調查另有目的。

「喂！可以關注一下

我嗎？」被**冷落**在旁的小兔子鼓起膽子說，「這案子是我帶來的啊，我呢？我沒有**任務**嗎？」

「你嗎？當然有，**隨時候命**吧。」福爾摩斯笑道。

福爾摩斯第二天一早出門，到了黃昏日落才**風塵僕僕**地回到家中。

「去過酒莊了嗎？情況怎樣？」華生剛好出診回來，連忙問道。

「去過了。」福爾摩斯說，「酒莊的老闆叫博納，我道明來意後，他**大吃一驚**，並估計波爾多一定是利用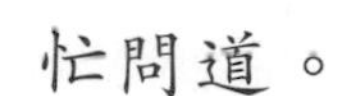之便，為走私集團偷運私酒。」

「那麼，他會協助調查嗎？」

福爾摩斯狡黠地一笑：「我看見他那麼慌張，當然**順水推舟**，說必須快點搜集證據，以免警方以為他的酒莊有份參與走私啦。」

「你的意思是，叫他……？」華生雖然已猜到**十之八九**，也禁不住問。

「哈哈哈，你猜到了吧？哪用叫，他自己已馬上表示要邀我調查，並會以**厚酬相謝**呢。」

福爾摩斯說着，從懷中掏出幾張紙繼續道，「這是從他那兒借來的**送貨表**，上面寫着每個地點的送貨量、地址和時間。我們只要進行跟蹤，逐一**核對**卸貨量與酒莊的出貨量是否有出入，就能掌握證據了。」

「你實在太

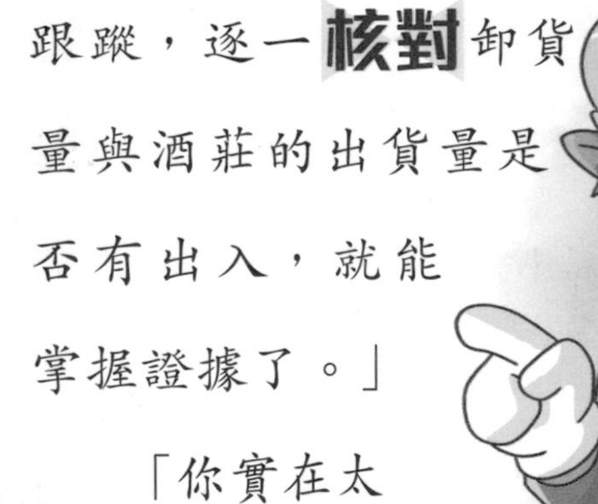

厲害了。」華生佩服地說，「這次不但可以賣個人情給蘇格蘭場的孖寶幹探，還可大賺一筆調查費，簡直就是**一箭雙鵰**啊！」

經過多日的跟蹤後，終於來到了月尾，福爾摩斯和華生在一街角**埋伏**，等待波爾多的出現。

「根據整個月的統計，波爾多偷運的私酒已超過**200升**。」福爾摩斯一邊監視着不遠處的酒吧，一邊低聲說，「今天是波爾多本月最後一次送貨，如果那張**密碼報酬表**屬實，今天就會有人付錢給他。」

大偵探的話音剛落，一輛**送貨馬車**已開到酒吧門前停下。

「啊！他來了！」華生緊張地說。

跟往常一樣，波爾多這次搬進酒吧的酒桶也比送貨表上的多。當他搬運完畢從酒吧出來時，一個男人**神神秘秘**地走近，悄悄地把一個**小袋子**塞進他手中。

波爾多接過袋子，警覺地看了看四周，確認沒人注意他後，就開心地哼着歌，跳上了馬車。

「看來，那個小袋子裏的應該就是**報酬**了。」華生説。

「接下來按計劃行事，讓我們的小演員來演一齣**好戲**吧。」福爾摩斯狡黠地一笑，然後

使勁地吹了一下口哨。

同一剎那，幾個小孩突然從街角奔出，攔在正想開動的馬車前面。他們不是別人，正是我們熟悉的**少年偵探隊**。

「哈哈哈！」

「捉到你了！換你當鬼！」

「可惡！」

他們在馬車前面**跑來跑去**，阻止了馬車的前進。但奇怪的是，我們的小兔子隊長卻並未現身。

「你們這班小屁孩！」憤怒的波爾多跳下馬車，高舉拳頭大罵，「想被車撞死嗎？快滾！不然揍你們一頓！」

這時，小兔子突然從馬車旁邊竄出，他輕輕地往波爾多一碰，就扒走了那個袋子，然後一溜煙似的逃進一條窄巷中。

「哇！扒手呀！抓住他！」波爾多氣急敗壞地大叫，「那小子搶走我的錢袋呀！抓住他！」

少年偵探隊一眾成員見狀，立即一擁而

上，圍住波爾多亂叫亂跳，阻礙了他的追趕。

在小巷中，小兔子趁機迅速數了數袋中的錢，然後高聲大喊：「哇！發財啦！有**28先令**！」

福爾摩斯和華生看見一切順利，就跑進小巷中假裝抓住了小兔子，把他押到波爾多的面前。

「放開我！放開我！」小兔子演戲演全套，當然**大叫大嚷**地掙扎。

「小扒手！吵甚麼！快把錢袋拿出來！」福爾摩斯**裝模作樣**地厲聲喝道。

「哼！今天算我倒霉！」小兔子把錢袋往地上一扔，一個轉身甩開二人，邊扮着鬼臉邊跑走了。少年偵探隊見狀，也隨即**一哄而散**。

「哎呀，太感謝兩位了。」波爾多鬆了一口氣，撿起錢袋向福爾摩斯兩人連聲道謝，「幸好有你們**仗義幫忙**，我的錢袋才能**失而復得**。」

「先生，不必客氣。」華生笑道，「只是**舉手之勞**罷了。」

「唔？先生，你的臉色不太好呢，不如一起去附近的**酒吧**坐坐，定一定驚吧？」福爾摩斯用關心的口吻提議道。

「好、好！我也該請兩位喝一杯，**以表謝意**。」

三人在酒吧各自點了一杯酒，屁股還沒坐暖，福爾摩斯就毫不客氣地切入正題，說：「你應該認得這兩件東西吧？」說着，他施施然地把

小兔子在一個月前扒走的**錢包**和**報酬表**放在桌上。

「啊！」波爾多恍如遭到雷擊似的，頓時全身**顫動**了一下。

「我們已跟蹤你一個月，知道你在這個月走私了**240升**白蘭地。」華生說。

「根據走私集團的這張報酬表顯示，你今天已按比例獲得報酬，而你收到的錢袋中恰好有**28先令**。」福爾摩斯指着波爾多厲聲指控，「那就是你參與走私的罪證！」

「別……別**含血噴人**……」波爾多的眼珠子**游移不定**，吞吞吐吐地反駁，「這……

這個錢包和紙條都不是我的。」

「還想狡辯嗎？那麼，你怎樣解釋袋子中的**28先令**？這個數字跟報酬表上的計算正好**一樣**呀。」福爾摩斯冷冷地問。

波爾多盯着報酬表看了一會，突然，他好像發現甚麼似的，**理直氣壯**地反駁道：「那28先令只是人家還給我的錢罷了，根本不是甚麼證物。若按照報酬表上的算法，我手上應該有**30先令**或**24先令**才對，又怎會是**28先令**呢？不信的話，我算給你們看。」

說着，他當場筆算一次以作證明。

嘿，按照那張所謂的「報酬表」計算，走私滿200升，可得25先令；走私滿400升，可得40先令。倘若我只走私了240升，報酬就按正比例計算。

那麼，當中的「正比例」是多少呢？答案只有2個可能呀！算式就是——

走私量（升）÷ 酬金 = 比例

假設實收報酬為x先令：

【答案 A】

走私滿 200 升，可得 25 先令，以此代入算式「走私量（升）÷ 酬金 = 比例」便可寫成 200÷25 = 8，所以這情況的比例是 8。

再把實際的走私量 240 升代入以上算式，便可寫成：

$240 \div x = 8$

$x = 240 \div 8$

$x = 30$

因此報酬可能是 30 先令。

【答案 B】

走私滿 400 升，可得 40 先令，以此代入算式「走私量（升）÷ 酬金 = 比例」便可寫成 400÷40 = 10，所以這情況的比例是 10。

再把實際的走私量 240 升代入以上算式，便可寫成：

$240 \div x = 10$

$x = 240 \div 10$

$x = 24$

因此報酬也可能是 24 先令。

「怎樣？我沒算錯吧？」波爾多把下巴抬得高高的，囂張地反問。

「這種程度的小聰明，在我面前可不管用啊。」福爾摩斯冷冷地一笑，然後在波爾多的兩道筆算上打了一個大交叉，並寫上自己的算式，馬上就得出 28先令 的答案。

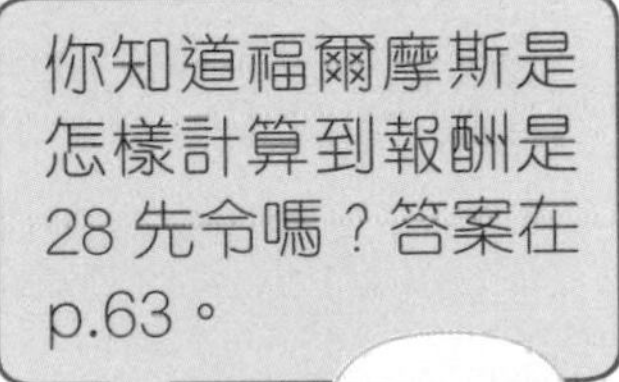

波爾多眼睜睜地看着大偵探的算式，已被嚇得臉色煞白，啞口無言了。

「我早已把相關的證據通知了蘇格蘭場的警探，他們馬上就會來拘捕你。」福爾摩斯狠狠地盯着波爾多說，「如果你坦白自首，供出走私集團的幕後主腦，相信可將功贖罪，法官會對你從輕發落。」

波爾多垂頭喪氣地點點頭，供出了安排他走私的接頭人。

一星期後，博納匯了一筆錢到福爾摩斯户口，更寄來一箱紅酒和道謝信。

華生連忙開酒慶祝，開心地為福爾摩斯倒

了一杯紅酒，說：「除了報酬外，還有免費酒喝，這次真是賺了！」

「可惜的是，接頭人不肯供出**幕後主腦**，還未找到M博士參與的線索。」福爾摩斯接過紅酒喝了一口，**心有不甘**地說。

就在這時，大門「**砰**」的一聲被踢開，小兔子闖進來大聲問：「剛剛郵差送了一箱東西上來，那是甚麼？」

「是酒莊老闆送來的**謝禮**。」華生答道。

「很可惜，沒你的份兒。」福爾摩斯**戲謔**地看了看桌上的酒瓶說，「那是**兒童不宜**的謝禮。」

「兒童不宜？」小兔子並沒理會，一手就奪過紅酒。

「喂！那不是讓小孩喝的！」福爾摩斯喝止。

「哼！別欺負小孩！你能喝，我怎會不可以喝！」小兔子説着，就舉起酒瓶，**大口大口**地喝了幾口。

「小兔子，不要喝呀！」華生大驚。

「哈！味道不錯呢。我有份破案，怎可以不喝。」小兔子再**咕嚕咕嚕**地又灌了幾口。

福爾摩斯正想奪回酒瓶再罵時，只見小兔子雙頰已變得通紅，更腳步浮浮地**左搖右擺**。最後，他終於「咚」一聲醉倒在地上，**不省人事**了。

福爾摩斯的計算過程

根據走私集團的報酬表，走私滿 200 升，可得 25 先令，而當走私量增加 200 升，變成 400 升時，對應的報酬就會增加 15 先令，變成 40 先令。這個增幅變化，可整理成下方的表格：

走私量	報酬
200 升	25 先令
400 升	40 先令
增加了 200 升	增加了 15 先令

而波爾多的走私量是 240 升，增幅只有 240 升 - 200 升 = 40 升，這情況又可整理成下表：

	走私量	報酬
本來的情況	增加了 200 升 （200 → 400）	增加了 15 先令 （25 → 40）
波爾多的情況	增加了 40 升 （200 → 240）	增加了？先令

「走私量的增幅」與「報酬的增幅」兩者的比例應該相同。我們可用「分數」去思考這個問題，即是「走私量增加了幾分之幾？」與「報酬增加了幾分之幾？」的答案相同。

波爾多的走私量是 240 升，增幅為 240 升 - 200 升 = 40 升，而 40 是 200 的 5 分之 1，可用分數算式寫出來：

$$\frac{240-200}{200} = \frac{40}{200} = \frac{1}{5}$$

既然走私量的增幅是 200 的 5 分之 1，那麼報酬的增幅也該同樣是 15 的 5 分之 1，寫成算式就是 15÷5=3。因此，當波爾多的走私量是 200+40=240 升時，報酬就是 25+3=28 先令了。

皇后號遇難記

「沒想到我這輩子……居然可以在郵輪上吃免費大餐……」華生摸着他吃得**脹鼓鼓**的肚子，滿足地說。

「感謝我吧，華生。」坐在餐桌對面的福爾摩斯呷了一口紅酒，一臉**神氣**地說，「全靠我拿到『親子度假遊』英法郵輪套票，你才能在這艘**皇后號**不費分文地享受美食啊！」

「哼，套票是客戶送的，你只是**借花敬佛**罷了。要不是我發現票上寫明必須小孩同行，你來到時連船也上不了呢。對了，說起來，那兩個**小傢伙**到哪去了？」

一講曹操，曹操就到。

餐廳門口傳來興沖沖的腳步聲，兩個小孩**興高采烈**地跑了進來。不用說，他們就是我們熟悉的小兔子和愛麗絲。

「太棒了！雜耍和魔術表演讓我看得眼珠也快掉下來了！」小兔子**手舞足蹈**地說，「你們卻只顧吃，沒看表演實在太可惜啦！」

「是啊！那位魔術師太厲害了！看！這朵玫瑰花就是他從小兔子的耳朵中拔出送給我的！」愛麗絲**興奮莫名**地炫耀她胸前的花飾。

「噓，安靜點。這裏是餐廳，吵吵鬧鬧的，成何體統。」福爾摩斯皺起眉頭低聲罵道，「早知這樣，就不帶你們來了！」

「嘿，沒我們兩個，你也登不了船呢。」愛麗絲反唇相譏。

「對！對！對！」小兔子也助威，「全靠我們，你才能來玩呀！快感謝我們吧！」

「甚麼？」福爾摩斯被氣得七孔生煙。

愛麗絲丟下福爾摩斯不理，向華生問道：「我們還有多久才到法國馬賽？」

「你太心急了，才起航幾個小時，我們還沒離開英國海域呢。」華生掏出導遊手冊，指着上面的歐洲地圖說，「這艘船會中途停靠西班牙，然後繞過——」

他還沒說完，身後就突然傳來水手的大喊：「各位乘客！發生**緊急事故**，請馬上帶同行李前往甲板！我們要乘救生艇離開本船！」

半個小時後，乘客們已**爭先恐後**地擠進了甲板，在二月的寒風中輪候救生艇。

「可惡，這麼快就要**下船**！」

「早知如此，就先吃一頓**大餐**啦！」

「都怪你，拉我去看表演，害我沒飯吃！」

「甚麼？是你硬要跟着來的呀！」

小兔子和愛麗

絲坐在行李箱上，**你一言我一語**地爭執起來。

「還在鬥嘴！安靜一點等候好嗎？」福爾摩斯罵道。

「算了，由得他們**狗咬狗骨**吧。」華生把福爾摩斯拉開，低聲勸道，「他們兩個一旦安靜下來，反而會**喊肚子餓**，到時更麻煩啊。」

「有道理，到時肯定煩死了。」福爾摩斯說完，就和華生悄悄地走開，向船長打聽了一下郵輪的狀況。原來，郵輪下層的煤倉**失火**，火勢蔓延至機房，幸好及時發現把火撲滅了，但發動機卻因此**故障**了。

「郵輪上有技師呀，馬上**修理**一下不就行嗎？」大偵探問。

「是的，不過……」

胖墩墩的船長神色凝重地壓低嗓子說，「上個月曾發生了一宗郵輪**沉船事故**，你們知道嗎？」

「知道呀，報紙上說死了數百人。但跟我們這艘郵輪有甚麼關係？」華生有點擔心地問。

「本來沒有甚麼關係的，但那事故太嚇人了，船東已變成**驚弓之鳥**，一聽到失火就寧可中斷行程，也要確保乘客的安全。」

「**安全第一**是對的，那麼，救生艇會把我們送到哪裏去？」福爾摩斯問。

「我看過地圖了，距離這兒不遠有個不大不小的**島**，安全登陸是沒問題的。」船長頗有信心地說。

一如船長所料，救生艇載着乘客，很快就在一條漁村安全登陸。不過，我們的大偵探一踏上岸就消失了。華生正在納悶福爾摩斯去了哪裏時，卻又見到他走了回來，並急急地走到胖船長面前說：「有一個壞消息和一個好消息。」

「甚麼壞消息？」船長吃驚地問。

「這個島兩天後才有一班船去倫敦，就是說，我們必須在島上住兩天。」

「那麼好消息呢？」船長問。

「附近有幾間旅館，現在是淡季，房間都空着，足以收容全部乘客。而且，其中一間還可收發電報。」

「太好了！」船長鬆了一口氣，「我馬上去發個電報，通知公司這邊的情況吧。」

一個小時後，船公司發來回電，決定承擔乘客在島上滯留的所有開支。乘客們雖有怨言，但也**無可奈何**地接受安排，住進了島上的旅館。不過，當地旅館能在淡季中接下這宗大生意，簡直就等於**天降橫財**，於是紛紛把正在休假的員工也召了回來。一時之間，這個偏僻的小漁村已忙得**不可開交**。

小兔子和愛麗絲在旅館放下行李，馬上就拉着福爾摩斯和華生走進樓下的餐廳。

「我快要**餓扁**了！」小兔子一坐下來就嚷道。

「是啊！快點餐吧！」愛麗絲說着，向走過來的侍應說，「我要一客**牛排**，大份的！」

「我要特大份的！」小兔子也叫道。

「這個……」侍應語帶歉意地說，「很抱歉，我們只有**三明治**。」

「甚麼？只有三明治？」小兔子生氣地說，「這還算餐廳嗎？」

「哼！一定是想欺負遊客，先說沒有，然後

再抬高價錢來賣吧！」愛麗絲憤憤不平地向我們的大偵探說，「福爾摩斯先生，你出手的時候到了！」

「我出手？出甚麼手？」

「有錢使得鬼推磨，當然是拿錢出來啦。」愛麗絲說，「快付錢給我叫一客牛排吧！」

「我要特大份的！」小兔子也嚷道。

福爾摩斯還未說話，那個侍應已慌忙說：「小姐，非常抱歉，有錢也沒用，敝店真的沒有牛排。」

「真的沒有？為甚麼？」愛麗絲並不相信。

「還用問嗎？」福爾摩斯沒好氣地說，「現在是淡季，旅館本

來是休業的，突然來了這麼多遊客，能提供三明治已算不錯了，哪來牛排啊。」

「這位先生說得對，其實……」侍應有難言之隱似的，只是看了看生着火的壁爐，不敢再說下去。

「唔？」福爾摩斯問道，「你們不會是連木柴也不夠吧？」

「這個嘛……先生說對了，確實連木柴也不夠。」侍應吞吞吐吐地說，「恐怕……各位要忍受一個寒冷的晚上了。」

「甚麼？」愛麗絲驚呼，「我最怕冷，怎麼辦啊？」

「不用怕，找一張**報紙**吧。」小兔子說。

「找一張報紙？你開甚麼玩笑？」愛麗絲不明所以，「看報紙能**取暖**嗎？你是否以為自己懂得變魔術？」

「嘿，果然是**嬌生慣養**的小姐，連這點也不懂。」小兔子說，「不是叫你看報紙，是叫你把一張報紙夾在內衣上面，再鑽進被窩中，就足夠熬一個晚上啊。」

侍應聞言，馬上去找來一份報紙，說：「這份雖然是本島的**地區小報**，但開紙八大張，足夠各位四個人用。」

「謝謝。」福爾摩斯接過報紙。

「甚麼？」愛麗絲瞪大了眼，「小兔子只是**順嘴胡謅**，你也當真嗎？」

「不，他說得也有點道理，但那只是露宿街頭的**救急手段**。」福爾摩斯狡黠地一笑，「不過，報紙卻可幫助我們找到更佳的取暖方法。」

「不會吧？」華生也感到訝異。

「嘿嘿嘿，你們看。」說着，福爾摩斯指着報上一則**廣告**。

華生湊過去看，只見廣告上寫着「本公司煤炭燃油大減價，貨源充足大量供應」。

「啊！我明白了！」華生**恍然大悟**，「你是要去這家燃油批發公司買煤炭。」

「正是。既然是批發公司，應該有貨足夠我們用兩天吧。」

「可是，這家公司在本島的另一邊。」侍應**面有難色**，「要去的話，必須**徒步翻山**過去，很難把大量煤炭運過來啊。」

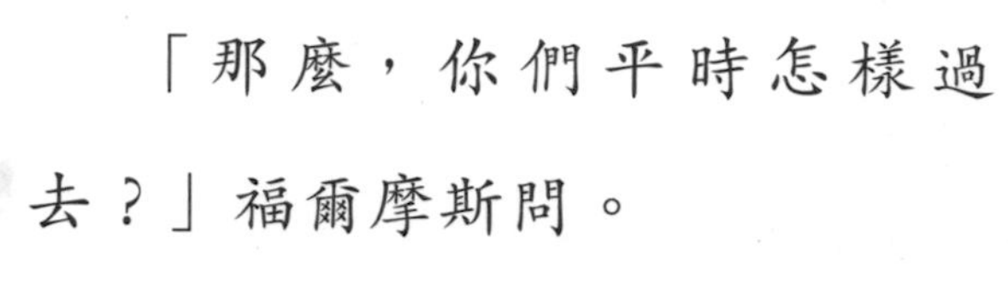

「那麼，你們平時怎樣過去？」福爾摩斯問。

「平時都是僱漁船過去的，但很貴啊。」

「那麼就**僱船**吧，反正船公司會付錢。」

與胖船長商量後，福爾摩斯和華生僱了 27 隻小漁船，**浩浩蕩蕩**地出發。小兔子和愛麗絲當然不會放過乘漁船的機會，也就跟着來了。

27隻小漁船乘風破浪地前進，不到30分鐘就開到島的另一邊，找到了那家坐落在碼頭旁邊的燃油批發公司。

「啊？你們的郵輪發生故障，幾百個乘客要在島上滯留兩天，所以需要大量煤炭嗎？」龜老闆摸摸下巴，眼珠子一轉，「好！120鎊吧。」

「120鎊？甚麼意思？」華生問。

「還用問嗎？當然是煤炭的費用呀。幾百個乘客取暖兩天，要用很多煤炭啊。」

「但在物價最貴的倫敦購買，也不用50鎊吧？」華生質疑。

「嘿嘿嘿，我們的煤炭是從內陸運來的啊，加上運費，當然要比倫敦貴了。」龜老闆聳聳肩，「嫌貴的話，你們可以去別家買啊。」

「這不是**趁火打劫**嗎？」愛麗絲率先發炮。

「對！是**乘人之危**！」小兔子也罵道。

「呵呵呵，罵得好兇呢。」龜老闆笑了一下，然後下逐客令，「不買的話，請回吧。」

福爾摩斯見狀，慌忙對小兔子和愛麗絲說：「別**吵吵鬧鬧**好嗎？價錢就由我來談吧。」

說完，他轉過頭去，好聲好氣向龜老闆說：「價錢有點貴，可否——」

「**100鎊**吧！」

福爾摩斯還未說完，

愛麗絲已擺出一副不賣就拉倒的樣子搶道。

「嘿，不怕我**趁火打劫**嗎？怎麼忽然又出價了？」龜老闆語帶譏諷地瞅了愛麗絲一眼。

「**講價**的事就交給我吧。」小兔子插嘴道。

「嘿嘿嘿，小朋友好像很懂得講價呢。你出甚麼價？」龜老闆笑瞇瞇地問。

「**200鎊**！」小兔子神氣地說，「一分錢也不能再多了！」

「傻瓜！」福爾摩斯慌忙罵道，「人家要價**120鎊**，你怎麼會自動提價**200鎊**？這還算講價嗎？」

「哈哈哈，這個小朋友太好玩了。」龜老闆大笑幾聲，忽然又停下來想了想，「既然玩得這麼開心，不如再玩大一點吧。」

說完，龜老闆**慢條斯理**地領着眾人走進一個面向碼頭的貨倉，並指着倉內**堆積如山**的圓形鐵罐說：「這裏共有 **189 罐**燃油，分成大中小三批，各佔 **63 罐**。大的容量是 **13 升**；中的 **12 升**；小的 **11 升**。」

「那又怎樣？」福爾摩斯問。

「我的煤炭可以低於市價，以 **30 鎊**賣給你們，但有兩個**條件**。」龜老闆伸出兩根指頭，狡猾地笑道，「首先，你們要把這 189 罐燃油，幫我**免費**運到漁村的碼頭。其次，你們那27隻漁船，每隻的**運油量**和**罐數**都必須**相同**。」

「甚麼？」小兔子和愛麗絲都聽不明白。

「連這麼簡單的數學題都不懂嗎？」龜老闆譏笑，「那麼，就不要學人來講價啦。」

「嘿嘿嘿，這位老闆真有趣。」福爾摩斯冷冷地一笑，「華生，你就和老闆玩玩，破解這條**運油題**吧。」

「我？」華生一怔，在眾人的目光下，只硬着頭皮地邊數指頭邊說，「**189罐**……**27隻漁船**……189罐÷27隻船=7罐，即是說，每隻船要載**7罐**。但燃油罐分大中小三種不同容量，應該怎樣分配，才能把燃油平均分到27隻船上呢？」

「怎樣？算出答案了嗎？」福爾摩斯催促。

「這個嘛……」

「**我知道！**」小兔子突然搶道。

「你知道？」愛麗絲不敢相信。

「答案就是——」小兔子煞有介事地一頓，然後**理所當然**似的說，「**付200鎊吧！**付了錢就不用計數那麼麻煩啦！」

眾人聞言，兩腿一歪，幾乎同時摔倒在地。

「傻瓜！」福爾摩斯罵道，「你不要再出聲好嗎？」

「嘿嘿嘿，這個小朋友說得對啊。」龜老闆冷笑道，「付了錢，就不用**白費氣力**計數了。」

「是嗎？」福爾摩斯回以冷笑，「以我看來，**不費吹灰之力**，就能破解這條數學題呢。」

「真的？」華生連忙問道，「怎樣破解？」

「化繁為簡，先把**189**、**63**和**27**三個數目**簡化**吧。」福爾摩斯說。

簡化？

「簡化？怎樣簡化？」愛麗絲問。

「你在小學應該學過**因數**吧？」

「學過啊，那又怎樣？」

「189、63和27的**最大公因數**是多少？」

「最大公因數嗎？」愛麗絲想了想，「是9！因為這三個數目都可以被9**整除**。」

「答對了。利用最大公因數，就能把大的數目加以簡化，就像這樣——」福爾摩斯説着，掏出記事簿寫出以下**圖表**：

原有的數目		按相同比例減少	簡化後的數字
燃油罐總數	189 罐	189÷9	21 罐
每種容量的燃油罐數	63 罐	63÷9	7 罐
小漁船總數	27 隻	27÷9	3 隻

「我懂了！」愛麗絲雀躍地説，「你把難題簡化成：總計**21罐油**，每種容量各**7罐**，而漁船則只有**3隻**。」

「不僅如此，連三種不同的『**容量**』也要簡化，像這樣——」

説着，福爾摩斯又在記事簿寫下一個小圖表：

原有的容量	簡化後的容量
13 升	3 升
12 升	2 升
11 升	1 升

「簡化後，變成**3升裝**、**2升裝**及**1升裝**的燃油罐各有**7罐**，這確實比剛才易看多

了。」華生說。

小兔子問：「可是，接下來又要怎辦呢？」

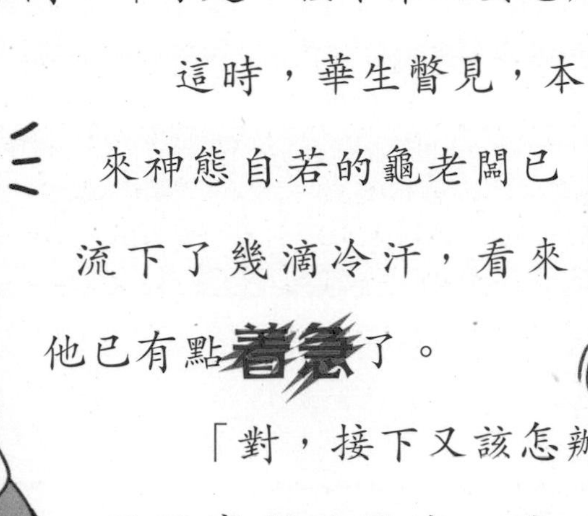

這時，華生瞥見，本來神態自若的龜老闆已流下了幾滴冷汗，看來他已有點**着急**了。

「對，接下又該怎辦呢？」

福爾摩斯狡黠地一笑，然後走到倉庫的門口，指着一排排地停泊在碼頭的小漁船說，「看，我們的 27 隻漁船都準備好了，只要把它們**分列成三組**，不就輕易找到答案了？」

「啊！我明白了！」愛麗絲**恍然大悟**，她興沖沖地走到大偵探身旁，取過記事簿和筆，在上面寫寫畫畫，工整地畫出三行圓圈，第一

③	③	③	③	③	③	③
②	②	②	②	②	②	②
①	①	①	①	①	①	①

行畫了**7個③**，第二行畫了**7個②**，第三行畫了**7個①**。

由於每隻船須放 7 罐油，所以，只要在圖中加上 2 條曲線，把 21 個圓圈分成三等份，每份有 7 個圓圈，而圈內加起來的數字都相等，就知道每隻船的載油量了。

難題：福爾摩斯在愛麗絲畫的圖上加上 2 條曲線，便成功計算出每隻船的載油量了。你又懂怎樣畫線嗎？此外，通過這個計算，最終又如何按龜老闆的要求，把燃油運到漁村去呢？（答案在 p.90）

「怎樣？你可要守諾言啊，龜老闆！」愛麗絲把算出來的結果遮上，**得意揚揚**地說。

「這……」龜老闆擦了擦額上的冷汗，不知道該如何回答。

「龜老闆，我知道你只是想和小朋友玩玩罷了。」

福爾摩斯為免有傷和氣，就打圓場道，「不如這樣吧，我們照市價 50 鎊買下煤炭。那 189 罐燃油，就留待你自己處理，好嗎？」

「啊……」龜老闆呆了一下，最後垂頭喪氣地說，「好的，就按你的意思去做吧。」

兩個小時後，27 隻小漁船載着煤炭，又浩浩蕩蕩地回到了漁村。

大偵探一行四人順利完成任務，胖船長非常高興，特別從農家買來食材，請四人吃了一頓熱騰騰的牛排和烤雞大餐……

福爾摩斯的計算過程

只須如右面劃上曲線，就能劃分出每隻船載 14 升的組合。

甲船			乙船		丙船	
③	③	③	③	③	③	③
②	②	②	②	②	②	②
①	①	①	①	①	①	①

甲船：	乙船：	丙船：
$3\times3+2\times1+1\times3$ $=9+2+3$ $=14$	$3\times2+2\times3+1\times2$ $=6+6+2$ $=14$	$3\times2+2\times3+1\times2$ $=6+6+2$ $=14$

把簡化後的容量還原回 13 升、12 升和 11 升，再代入以上「甲船、乙船、丙船」中，便可知道每隻船載 7 罐油，載油容量皆為 84 升。

甲船			乙船		丙船	
⑬	⑬	⑬	⑬	⑬	⑬	⑬
⑫	⑫	⑫	⑫	⑫	⑫	⑫
⑪	⑪	⑪	⑪	⑪	⑪	⑪

由於實際上有 27 隻船，只須把它們分成甲、乙、丙三組，每組 9 隻，每隻載 7 罐油，就可把 189 罐油運完。

甲組：(3 罐 ×13 升 +1 罐 ×12 升 +
3 罐 ×11 升) × 9 隻船 =756 升

乙組：(2 罐 ×13 升 +3 罐 x12 升 +
2 罐 ×11 升) × 9 隻船 =756 升

丙組：(2 罐 ×13 升 +3 罐 ×12 升 +
2 罐 ×11 升) × 9 隻船 =756 升

三組合計共 2268 升

甲組 (9隻船)			乙組 (9隻船)		丙組 (9隻船)	
⑬	⑬	⑬	⑬	⑬	⑬	⑬
⑫	⑫	⑫	⑫	⑫	⑫	⑫
⑪	⑪	⑪	⑪	⑪	⑪	⑪

由於龜老闆出題時說過：「共有 189 罐燃油，分成大中小三批，各佔 63 罐，大的容量是 13 升；中的 12 升；小的 11 升。」所以，換成算式的話，就是——

大：63 罐 x13 升 =819 升

中：63 罐 x12 升 =756 升

小：63 罐 x11 升 =693 升

三者合計正是 2268 升，與上述結果一樣，證明福爾摩斯計法是正確的。

5

布偶與寶石

「今天天氣真好，難得可以在太陽底下散散步呢。」華生看着**晴朗**的天空，停下腳步伸一伸懶腰道。

可是，他身旁的福爾摩斯卻沒有回應，還顯得**悶悶不樂**。

「還在想**寶石**的事嗎？」華生問。

「唉！本來打算查完那宗尋人案後，便去寶石展**一睹為快**的。」福爾摩斯歎一口氣，「沒想到那兩顆寶石竟……唉，早知如此，我就先看完**寶石展**才去查案啦。」

「下個月好像也有一場寶石展呀，不必那麼氣餒啊。」

「哎呀，你懂得甚麼。」福爾摩斯沒好氣地說，「那兩顆一紅一藍**交相輝映**，是**皇室珍藏**的名貴寶石，每隔**100年**才公開展示一次啊。」

「我要看！我也要看！」

忽然，一個小黑影竄出，攔住兩人大聲叫道。

「**哇！**」福爾摩斯和華生都被嚇了一跳。他們定睛一看，原來是我們熟悉的小兔子。

「**100年**才公開展示一次，快帶我去看吧！趕不及今次的話，下次展出時我已死了啊！」小兔子**熱切**地叫道。

「傻瓜！不要突然跑出來嚇人好嗎？」福爾摩斯罵道，「況且，那兩顆寶石已被人偷了，想看也沒得看啊！」

「甚麼？被人偷了？」聞言，小兔子被嚇得瞪大了眼睛，但一轉念，又**興奮**地嚷道，「哇哇哇！太好了！我這幾天正好閒着！來，讓我幫你調查吧。找回寶石後，還可以順便**摸一摸擦一擦**，**許一個願**呢！畢竟是百年難得一見的寶物嘛！」

「傻瓜！」福爾摩斯向小兔子噴了一臉口水，「那是皇室的寶石，不是**阿拉丁神燈**呀，怎可以用

來擦一擦許願！」

「哎呀，都一樣啦！總之，我幫你找回來後，就借給我**摸一摸，擦一擦**吧。」

福爾摩斯和華生被弄得**啼笑皆非**之際，突然，一個聲音從後方響起：「喂！站住！別跑！」

三人回頭一看，原來是**李大猩**正**氣喘吁吁**地追着一個向這邊奔來的中年男人。

「抓住他！」李大猩看到福爾摩斯後連忙大叫。

這時，那人已**慌慌張張**地奔至，福爾摩斯正想出手，卻「嗖」的一聲響起，不知從哪兒飛來一隻鞋子，更**不偏不倚**地「啪」的一下打在那人的臉上！

「**哎呀！**」那人慘叫一聲，立即失去平衡摔個四腳朝天。

李大猩追至，馬上來個**猛虎擒狼**撲向那人，三拳兩腳就把他制服了。

「嘿！知道甚麼叫做**百步穿揚**吧！」小兔子走過去撿起鞋子，洋洋得意地向那哭喪着臉的男人說，「遇到老子算你倒霉。」原來，剛才那鞋子是小兔子踢出的。

「哈，你這小傢伙還真有點**本事**呢。」華生笑道。

「當然囉。」小兔子**不可一世**地說，「所以嘛，在我協助之下，一定能找回寶石的！」

「甚麼？你們也在找**寶石**嗎？」李大猩訝異地問。

「不是啦。」福爾摩斯搖搖頭說，「我們知道那兩顆皇室寶石被偷走了，正在歎息沒法去參觀罷了。」

「哼！都是這傢伙**害事**！」李大猩一手揪起那男人，掄起拳頭就打。

「哇！別打我！別打我！」那男人渾身發抖地哀叫，「下星期！下星期就有錢還了！求你多**寬限**一個星期吧！」

「啊？」福爾摩斯斜眼看着李大猩，冷冷地嘲諷道，「嘿，蘇格蘭場警探的薪水太少嗎？竟然要幹起**高利貸**來了？」

「別亂說！我不是高利貸！」李大猩慌忙澄清。

「唉，我明白的，我明白的。」小兔子閉起眼睛，**老氣橫秋**地歎了一口氣道，「當差嘛，人工低，放高利貸賺點外快是可以理解的。李大猩先生，放心吧，我不會**告發**你的。」

「哎呀！我不是説了嗎？我不是高利貸呀！」李大猩沒好氣地抗議。

「我明白的，我明白的。」小兔子説着，忽然湊到李大猩耳邊，**煞有介事**地説，「我知道有一個人正缺錢用，要我介紹嗎？」

「甚麼？誰？」李大猩問。

「嘿！」突然，小兔子**大手一揮**，指着我們的大偵探說，「當然是福爾摩斯先生啦！愛麗絲說他欠了兩個月的**租金**還未交呢！」

「別亂說！你欠揍嗎？」福爾摩斯伸手就要去抓小兔子，但小兔子已一邊哈哈大笑，一邊**一溜煙**似的跑走了。華生在旁看着，**忍俊不禁**地笑了。

就在這時，狐格森滿頭大汗地跑至，喘着氣問：「怎麼了？抓到那**寶石竊賊**了嗎？」

「傻瓜！你以為我是你嗎？竟然現在才追

上來！」李大猩指着身後那男人說，「當然抓着了！」

「甚麼？」聞言，福爾摩斯和華生驚訝地看了看那男人，同聲問道，「他不會就是偷了那兩顆皇室寶石的**賊人**吧？」

「還用說嗎？當然是他了！」李大猩說。

「甚麼……？寶石……？」那男人驚訝地問，「我沒偷甚麼寶石啊。」

「**閉嘴**！未輪到你說話！」李大猩扇了那男人一巴掌。

「對，還未輪到你說話！」狐格森也喝罵一聲，然後把事情經過向福爾摩斯道出，「事情是這樣的。寶石失竊後，我們抓獲了一名企圖運走寶石的**匪徒**，還起回了紅寶石，但藍寶石仍不知所蹤。後來我們收到線報，指一個名叫霍爾的人會在布偶廠接贓，於是就到那裏調查……」

「喂，那只是一間布偶廠，怎會在這種地方接贓啊？你的情報不會有誤吧？」狐格森躲在街角暗處，一邊監視着對面的工廠，一邊質疑身旁的李大猩。

「有誤？你當我是剛出道的新丁嗎？我的情報怎會有誤？不信的話，現在馬上衝進去，殺他們一個措手不及！」李大猩有點生氣地說。

「你太魯莽了，冒然衝進去只會打草驚

蛇呀！」

「甚麼？我魯莽？好呀！萬一犯人趁機逃走了，你來負責！」

「哎呀！你怎可以——」狐格森還想反駁，但馬上止住了。

「噓！霍爾出來了。」他看着前方，低聲說。

「啊！」李大猩也赫然一驚，馬上退到牆角後。

果然，一個中年男人鬼鬼祟祟地從工廠大門閃出。他左看看右看看，好像害怕被人跟蹤似的，急步往工廠後面的街角走去。

「糟糕！他想逃！」李大猩慌忙一個箭步衝

出，並大聲喊道，「喂！霍爾，你給我站住！」

霍爾回身一看，見到**兇神惡煞**的李大猩後，立即臉色發青，**拔腿就跑**。

「李大猩一枝箭似的追去，我也拚命從後追趕，但一轉眼就失去他們的**蹤影**，剛才好不容易才找到來呢。」狐格森說到這裏，才鬆了一口氣。

「你們是警探？不……不是來追債的？」聞

言，霍爾**如夢初醒**似的問道。

「別裝蒜！見到我就逃，還說我是**追債**的！」李大猩又「啪」的一聲扇了霍爾一巴掌，「快把**寶石**交出來！」

說着，他粗暴地把霍爾的口袋逐一翻開來看。可是，他搜到的只是幾張當票，並無寶石的蹤影。

「讓我也來搜搜！」狐格森見狀，馬上把霍爾從頭到腳又搜了一遍，卻依然**一無所獲**。

「豈有此理！」李大猩扯住霍爾的胸口，厲聲喝道，「說！把寶石藏到哪裏去了？」

「寶石……？我不知道甚麼寶石啊。」霍爾害怕得渾身哆嗦。

「你一定是欠揍了！」李大猩大喝一聲，又掄起拳頭威嚇。

「且慢！」福爾摩斯連忙制止，並向霍爾問道，「你是布偶廠的工人嗎？為何在那裏出入？」

「我……我……」霍爾結結巴巴地說，「我不是那裏的工人，但我叔叔是布偶廠的廠長，我藉詞探望他，偷偷地把一個小盒子塞進一個布偶裏罷了。」

「甚麼？」福爾摩斯眼前一亮，「那小盒子裏有甚麼東西？」

「我……我不知道啊。」霍爾苦着臉說。

「胡扯！盒子是你的，怎會不知道裏面是甚麼！」李大猩罵道。

「不、不、不！」霍爾慌忙解釋，「那是賴登先生的東西，不是我的。」

「賴登？他是誰？」狐格森問。

「他……他是專門做放貸生意的高利貸。」霍爾有點喪氣地低下頭來說，「我生意失敗，欠下他一筆錢，就只好按他的吩咐，把那盒子塞到

一個布偶裏去了。」

「這麼看來，那盒子很可疑呢。」福爾摩斯說。

「對，一定與失竊的寶石有關。」李大猩說。

「啊……！」霍爾大吃一驚，慌忙說，「那

麼，我帶你們去找回那個盒子吧！我把它塞進編號160的布偶裏，那是賴登先生指定的。」

「好！馬上去！」說完，李大猩押着霍爾就走。

不一刻，眾人去到布偶廠的廠長室，見到了霍爾的胖子叔叔正在津津有味地吃着三明治。

李大猩急不及待地說明情況，要求馬上

找回那個布偶時，胖子廠長卻不由分說，先罵了霍爾一頓，才擦了擦嘴巴向眾人說：「非常抱歉，所有布偶都已搬上了**三輛馬車**，正往三個不同的城鎮開去了。」

「甚麼？」眾人**大吃一驚**。

「不過，這裏有一輛備用的馬車，可以借給你們去追。」胖子廠長提議，「請你們馬上出發吧，要是發完貨的話，就算追到也沒用啊。」

「可是，你不是說載貨馬車共有**三輛**嗎？」華生問，「就算追到其中一輛，也不一定能找回那個布偶呀。」

「這個嘛……」胖子廠

長搔搔頭，「就要賭一賭**運氣**了。」

「哎呀，查案不能靠運氣啊！」李大猩和狐格森急得**團團轉**，「要時間又很難找到其他馬車，怎麼辦？怎麼辦啊？」

「**稍安毋躁**，先了解清楚**包裝**和**運載**的流程，再看看有沒有辦法知道那個布偶放在哪一輛馬車上吧。」福爾摩斯提議。

「啊，這個嗎？我們的布偶都是客人**訂製**的啊，所以每個的生產編號和送貨地點都很清楚……」胖子廠長想了想，就把**流程**一一道出。

①布偶分為單件裝1盒1個、雙件裝1盒2個和三件裝1盒3個。

②包裝時，會依照編號的順序，先包裝好單件裝，其次是雙件裝，最後才是三件裝。

③接着，就按三個不同的送貨地點，把三輛馬車分為A車、B車和C車。單件裝會搬上A車；雙件裝會搬上B車；三件裝則會搬上C車。

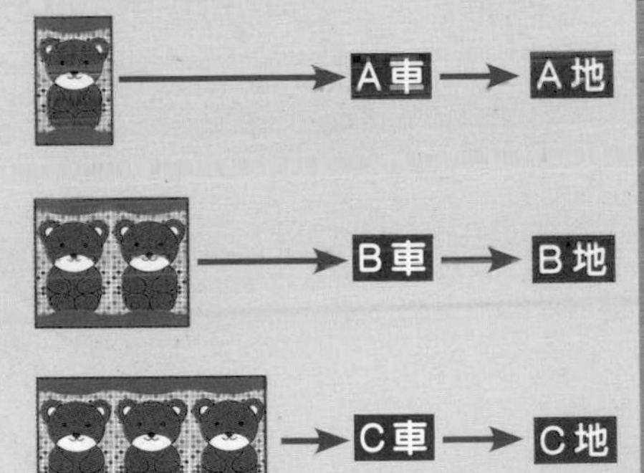

「那麼，編號160的布偶，是屬於哪一種包裝？」福爾摩斯問。

「今天共生產了750個布偶，並由編號1至編號750順序地搬上馬車……」胖子廠長想了想，「待我找找生產紀錄看看吧。可是，放在哪兒呢？剛才明明看到的呀。」他自言自語地說着，在辦公桌上左翻翻右找找，卻沒法找到。

這時，福爾摩斯一眼瞥見一張沾滿茄汁和肉汁的餐墊紙，於是問道：「不會是這張吧？」

「啊……對！對！對！就是這張！」胖子廠長尷尬地笑了笑說。

可是，那張紀錄單上**滿佈污跡**，連數字也看不清了。

「哎呀，怎會這樣的啊。」李大猩沮喪地說。

「不用怕、不用怕。」胖子廠長信心十足地說，「大部分紀錄都在我的腦袋裏。我記得，合共搬了**400次**貨上三輛馬車上，每次只搬一盒。搬單件裝和雙件裝的工人還向我投訴，說對他們不公平呢。」

「不公平？」福爾摩斯問，「甚麼意思？」

「他們說，他們把單件裝和雙件裝搬到A車和B車的**合共次數**，是搬三件裝上C車的**三**

倍，但收的人工卻只是搬三件裝工人的一倍，所以就喊不公平囉。」胖子廠長一頓，然後**洋洋得意**地說，「不過，我說：『傻瓜！人家每件貨重你們三倍呀！這麼簡單的數學也不懂嗎？』一句就把他們罵走了。」

「就這樣？」李大猩問，「還有其他嗎？」

「就這樣，其他都不記得了。」

「哎呀，就這樣的話，我們又怎知道**編號160**的布偶在哪一輛車上啊！」李大猩氣得直跺腳。

「稍安毋躁，我已知道它在哪一輛馬車了。」忽然，福爾摩斯**成竹在胸**地笑道。

「甚麼？你已知道了？」李大猩和狐格森**異口同聲**地問，「你怎知道的？」

「他剛才**說**的呀。」福爾摩斯指着胖子廠長說。

「他？他有說嗎？」孖寶幹探摸不着頭腦。

「對，廠長有說嗎？」華生感到**納悶**，慌忙在心中整理了一下胖子廠長的說話。

①布偶共有 750 個，包裝分為單件裝、雙件裝和三件裝。

②依照編號的順序，先包裝好單件裝，其次是雙件裝，最後是三件裝。

③單件裝搬上 A 車；雙件裝搬上 B 車；三件裝搬上 C 車，然後分別送去 A、B、C 三個不同的地點。

④全部布偶搬上三輛馬車時，合共搬了 400 次。

⑤單件裝和雙件裝搬到 A 車和 B 車的合共次數，是三件裝搬上 C 車的三倍。

難題：
你知道藏着寶石的160號布偶在哪一輛馬車上嗎？不知道的話，可看p.130的答案啊。

可是，根據廠長提供的這些資訊，華生仍然想不通為何老搭檔能**推論**出編號160的布偶放在哪一輛馬車上。

「這不就是一道很簡單的數學題嗎？」福爾摩斯打斷華生的思緒，「只要知道三種不同包裝的**搬運次數**，就能推論出A、B、C三輛馬車上各自的**布偶數量**，從而算出編號160的布偶放在哪裏呀。」

「算出？怎樣算啊？」李大猩仍不明白。

「用**代數**來算呀。」

「代數嗎？」李大猩搔搔頭，尷尬地笑道，

「哈哈哈，已全部還給小學時的數學老師了。」

「那麼，狐格森，你來算吧。」福爾摩斯說。

「我？這個嘛……」狐格森搔搔鼻子，也尷尬地笑道，「嘻嘻嘻，其他不敢說，在數學能力方面嘛，我和李大猩是**不相伯仲**的。」

「算了。」福爾摩斯沒好氣地說，「找回那顆寶石要緊，我們借用廠長先生的馬車，馬上去**追趕**目標中的馬車吧！」

「那麼……請問……我怎辦？」一直在旁聽着的霍爾，**戰戰兢兢**地問。

「還用問嗎？」李大猩怒喝，「全都是你害我們奔來跑去，你在這裏等着，要是找不到寶石，我就回來找你**算賬**！」

「對！在這裏等着呀！」狐格森說完，又向胖子廠長道，「你看管着他，要是給他逃了，**惟你是問**！」

說罷，兩人與華生一起，隨福爾摩斯走到門外，登上了廠長的馬車。

福爾摩斯待馬車開動後，說：「看來要花1

個多小時才能趕上運載布偶的馬車，趁有空，你們正好動動**生鏽的腦筋**，消磨一下時間呢。」

「甚麼？不是又要計算吧？」李大猩一臉為難。

「哈哈哈……」狐格森以假笑掩飾驚恐，慌忙提議道，「不如玩猜拳吧，猜拳也能消磨時間啊。」

「聽着！」福爾摩斯並沒理會，一口氣地說出提示，「代數的算式涉及**三個未知數**，把三種包裝的搬運次數設為X、Y、Z，再根據廠長的說話列出**3條方程式**，就能算出布偶在哪一輛車上了！」說完，他把頭靠在椅背上，閉上眼睛假寐去了。

在一所陰暗的屋子裏，**獨眼虎**賴登坐在沙發上閉目養神，另一人則在房內心緒不寧地走來走去。

獨眼虎感到有點不耐煩，就開口道：「沙皮狗，你可以坐下來**靜心等待**嗎？」

「老大，我怎能靜心等候啊！」沙皮狗有點喪氣地說，「辛辛苦苦才偷來兩顆寶石，卻被警方搜去一顆，要是藏在布偶的那顆也丟失了，

就**白幹一場**了！」

獨眼虎微微睜開眼睛，冷冷地說：「放心吧，警方不會料到我們用布偶轉運寶石來這裏。而且，那個負責轉運的可憐蟲霍爾並無案底，警方不會**無緣無故**地懷疑他。」

「可是，把寶石交給霍爾的**肥牛**被捕了，他不會供出霍爾嗎？」沙皮狗說。

「肥牛很有義氣，不會**出賣**我們的。」獨眼虎信心十足地說。

「是嗎？」沙皮狗卻沒有信心地說，「他很怕**餓肚子**，要是警方不准他吃飯，我看他甚麼也供出來了。」

「哼！不要說了！」獨眼虎不耐煩地罵道，「事到如今，**嘀嘀咕咕**也沒有，耐心地等吧！」

「就算肥牛沒出賣我們，但那個霍爾會不會趁機**私吞**了寶石呢？」沙皮狗仍**囉囉嗦嗦**地說，「慘了、慘了，他一定私吞了寶石了。」

「哎呀！」獨眼虎跳起來大罵，「你安靜一點好嗎？霍爾對寶石的事**一無所知**，又怎會私吞？就算知道了，他夠膽嗎？不怕沉屍泰晤士河嗎？」

「可是——」

就在這時，門外響起了「**咚咚咚**」的敲門聲。

接着，門外有人叫道：「布偶公司送貨呀！賴登先生在嗎？」

「哈！」獨眼虎大喜，「看，那東西不是送來了嗎？」說完，他**興高采烈**地去開門。

一個送貨員低着頭站在門外，說：「請簽收。」

獨眼虎簽了名，興奮地接過裝着布偶的盒子。就在同一剎那，送貨員猛地**踹出一腳**，把獨眼虎踢到凌空飛起。

「哇呀！」獨腳虎慘叫一聲，然後硬生生地摔在地上。

這時，躲在門外的李大猩和狐格森一擁而上，輕易就制服了獨眼虎和沙皮狗。

「我們是蘇格蘭場的警探，你們被捕了！」李大猩揚聲道。

「警探先生，訂購布偶也犯法嗎？為甚麼拘捕我們？」獨眼虎仍心存僥倖地抗議。

「嘿嘿嘿……」送貨員施施然地撿起掉在地上的盒子。

接着，他不慌不忙地打開盒子，從中取出一個布偶，冷冷地説：「買布偶當然不犯法，但是盜竊寶石卻是犯法的啊。」

「寶石？我不知道你説甚麼。」獨眼虎垂

死撐死。

「是嗎？」送貨員從布偶中取出一個小盒子，再從中掏出一顆晶瑩剔透的藍寶石，「這是甚麼？」

看到藍寶石，獨眼虎瞬間面如死灰。現在鐵證如山，他知道就算自己巧舌如簧，也無力回天了。

這時，送貨員脫下鴨舌帽，用帽頂的絨布擦了擦手上的寶石，抬起頭來笑道：「嘿嘿嘿，真是一枚絕世瑰寶，難怪 100 年才公開展示一次了。」

「啊！」這一剎那，獨眼虎認出來了，眼前人不是別人，正是**大偵探福爾摩斯**！

「昨天法庭**宣判**了。」一星期後，華生看着報紙說，「獨眼虎和沙皮狗分別被判入獄5年，肥牛提供情報有功，只是被判入獄 3 年呢。」

「那個霍爾呢？他被判有罪嗎？」福爾摩斯一邊看顯微鏡，一邊問道。

「霍爾被判**無罪**，因為他並不知道自己協助轉運賊贓。」

「是嗎？太好了。」

「咦？你整個早上都在看**顯微鏡**，究竟看甚麼？」華生好奇地問。

「看寶石呀。」福爾摩斯答道，「我要比較一下**真寶石**和**假寶石**的折射光度，看看它們有甚麼分別。然後，就把假寶石燒掉，觀察它在不同溫度下的變化。」

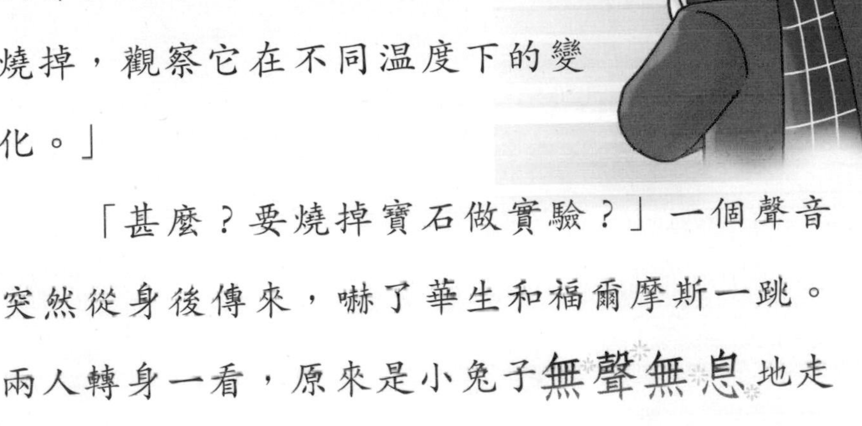

「甚麼？要燒掉寶石做實驗？」一個聲音突然從身後傳來，嚇了華生和福爾摩斯一跳。兩人轉身一看，原來是小兔子無聲無息地走了進來。

「我今天有空，要我幫手嗎？」小兔子走到福爾摩斯跟前問。

「幫忙？你只會**幫倒忙**！」福爾摩斯像

趕蚊子般揮了揮手，「別來搗亂，快滾！快滾！」

「哎呀，我不是來搗亂呀。我只是把客人帶上來罷了。」小兔子**不甘示弱**地反駁。

這時，華生這才留意到門外還有一人，那人竟是**霍爾**。

「啊？霍爾先生？你怎麼來了？」華生訝異地問。

霍爾慌忙脫下帽子，怯生生地說：「我……我是來**道謝**的。全靠你和福爾摩斯先生找回寶石，我才可以**脫罪**。」說完，他向兩人深深地鞠了一躬。

「別客氣。」華生笑道，「我們只是幫助警方破案罷了。」

「嘿，你這樣到處走不怕嗎？」福爾摩斯語帶氣謔地走過來問，「獨眼虎雖然入獄了，但他的手下眾多，一樣會來**追債**啊。」

「啊……這個嘛……」霍爾揉了揉手中的帽子，有點尷尬地說，「我就是為了這個……來找你們的。」

「甚麼意思？」福爾摩斯**摸不着頭腦**。

「你們那麼好人，一定會為人為到底，送佛送到西。」霍爾走前一步，看了看福爾摩斯，又看了看華生，充滿期待地問，「請問……兩位可以借**50鎊**給我嗎？我還了高利貸後，一年之內一定會**原銀奉還**的。」

「甚麼？」福爾摩斯和華生兩腳一歪，幾乎同時摔倒。

「快滾！我已兩個月沒交房租了！我還想向高利貸借錢呢！」福爾摩斯**破口大罵**，嚇得霍爾夾着尾巴**落荒而逃**。

「甚麼？你剛才說甚麼？你拿到破案酬金後，竟沒還清欠租？」華生大為驚訝。

「嘻嘻嘻，我要花錢做實驗嘛。你知道，那兩顆**一真一假**的寶石，可花去我不少——」

說到這裏，一陣**燒焦味**傳來。

「唔……？這是甚麼味道？」福爾摩斯伸長鼻子往空氣中嗅了嗅，再回頭看去，只見小兔子拿着一枝鉗子夾着一顆**黑炭**，桌上只餘下那顆假寶

石，但真寶石卻不見了。

小兔子吃吃笑地說：「福爾摩斯先生，我已為你燒了寶石，下個實驗是甚麼？」

聞言，福爾摩斯「啪噠」一聲摔倒在地，昏過去了。

福爾摩斯的計算過程

先將單件裝搬上馬車的次數設為 X；雙件裝搬上馬車的次數為 Y；三件裝搬上馬車的次數為 Z。

①工人把所有布偶搬上馬車的次數，可用以下算式顯示：

$X+Y+Z=400$

②布偶的總數可寫成以下算式：

$X+2\times Y+3\times Z=750$

$X+2Y+3Z=750$

③不同馬車搬貨次數的關係就是：

$X+Y=3\times Z$

$X+Y=3Z$

把算式③代入算式①：

$(X+Y)+Z=400$

$3Z+Z=400$

$4Z=400$

$4Z\div 4=400\div 4$

$Z=100$

把 Z 的值代入算式①，寫成算式④：

$X+Y+Z=400$

$X+Y+100=400$

$X+Y+100-100=400-100$

$X+Y=300$

接着，把 Z 的值代入算式②，寫成算式⑤。

$X+2Y+3Z=750$

$X+2Y+3(100)=750$

$X+2Y+300=750$

$X+2Y+300-300=750-300$

$X+2Y=450$

將算式⑤減算式④：

$(X+2Y)-(X+Y)=450-300$

$X+2Y-X-Y=450-300$

$Y=150$

將 Y 和 Z 的值代入算式①，計算 X 的值。

$X+Y+Z=400$

$X+150+100=400$

$X+250=400$

$X+250-250=400-250$

$X=150$

所以，將單件裝搬上馬車 A 的次數為 150 次，將雙件裝搬上馬車 B 的次數亦為 150 次，而將三件裝搬上馬車 C 的次數則為 100 次。換句話說，馬車 A 有 1 × 150=150 個布偶，馬車 B 有 2 × 150=300 個布偶，而馬車 C 則有 3 × 100=300 個布偶。

由於寶石是放在第 160 個布偶（編號 160）中，搬貨工人又是順次序把布偶搬上馬車 A、B、C，所以藏着寶石的布偶是在馬車 B 上。

原案&監修／厲河　繪畫／月牙
編撰／《兒童的科學》創作組（執筆：厲河、林浩暉、謝詠恩、劉俊偉）
着色／陳沃龍、徐國聲　封面設計／葉承志　內文設計／麥國龍
編輯／盧冠麟

出版
匯識教育有限公司
香港柴灣祥利街9號祥利工業大廈2樓A室

承印
天虹印刷有限公司
香港九龍新蒲崗大有街26-28號3-4樓

發行
同德書報有限公司
九龍官塘大業街34號楊耀松（第五）工業大廈地下
電話：(852)3551 3388　傳真：(852)3551 3300

第一次印刷發行
2023年7月

ISBN:978-988-76232-4-3
港幣定價 HK$68
台幣定價 NT$340